L'entraîneur Féminin

Erika Sanders

Serie

Domination et Soumission Érotiques

Erika pense que sa entraîneur féminine est très sexy. Fera-t-elle quelque chose quand elle sera seule avec elle ?...

L'entraîneur Féminin est un roman à fort contenu érotique BDSM et, à son tour, un nouveau roman appartenant à la collection **Domination et Soumission Érotiques**, une série de romans à fort contenu BDSM romantique et érotique.

(Tous les personnages ont 18 ans ou plus)

Erika Sanders est une écrivaine de renommée internationale, traduite dans plus de vingt langues, qui signe ses écrits les plus érotiques, loin de sa prose habituelle, de son nom de jeune fille.

Indice

L'ENTRAÎNEUR FÉMININ

ERIKA SANDERS

Bien qu'elle soit assez épuisée par les cours universitaires de la journée, Erika a quand même fait un effort pour s'entraîner au gymnase de l'université. Elle en avait besoin. Franchement, elle était la pire joueuse de l'équipe de softball.

Bien sûr, elle était déjà en forme, mais comparée aux autres filles de l'équipe, elle n'était tout simplement pas assez bonne et c'était un miracle qu'elle ait même fait partie de l'équipe. L'équipe avait besoin d'un minimum de joueurs et Erika était ce minimum.

Après avoir effectué une routine push/pull avec diverses machines, elle a pris une pause avant de frapper les abdominaux. Elle a fait trente répétitions en succession rapide sur un banc, s'est reposée pendant une minute, puis a répété la série deux fois de plus.

Quand elle a lutté sur le dernier set, elle a levé les yeux pour voir un visage bloquant la lumière. Une femme se tenait au hasard au-dessus d'elle avec un visage en sueur, une queue de cheval en désordre et une serviette enroulée autour de son cou.

"Allez, répétitions, répétitions, répétitions !" encouragea la femme en plaisantant.

Erika a immédiatement reconnu que c'était l'entraîneur Bethy. Elle a fait quelques répétitions supplémentaires sur ses abdominaux comme pour prouver sa ténacité, puis s'est levée pour saluer l'entraîneur Bethy.

"Salut," sourit-elle, prenant de profondes inspirations après l'entraînement.

L'entraîneur Bethy a souri en retour. "Désolé de déranger votre entraînement. Vous aviez besoin d'un coup de pouce."

"Oui, j'essaie d'être en meilleure forme."

"Je suis content de voir que vous travaillez dur", a répondu l'entraîneur Bethy.

« En parlant de ça, étais-tu là tout le temps ? Je ne t'avais pas vu.

L'entraîneur Bethy s'est essuyé le visage avec une serviette. "J'étais dans le sauna depuis une demi-heure. Avant cela, j'ai fait une heure de cardio sur le tapis roulant."

"Bon."

« Êtes-vous une coureuse, Erika ? » elle a demandé. "Vous courez souvent?"

"Pas autant que je le voudrais. Je cours plus souvent quand il n'y a pas d'école. Peut-être 3 à 5 miles."

"Merveilleux."

"Évidemment, je n'ai pas de résultats comme vous", a répondu Erika, remarquant que les muscles de l'entraîneur ondulaient lorsqu'il respirait. "Je veux dire, mon dieu, ton physique est incroyable."

L'entraîneur Bethy a fléchi un biceps. "Merci. Beaucoup de travail acharné."

"Je veux dire, sérieusement. Vous avez une excellente génétique."

"D'une certaine manière, mais en toute honnêteté, je suis intelligent avec ma routine."

« Des secrets ? s'enquit Erika. "Je tuerais pour avoir un corps comme le tien."

"Tout d'abord, merci, c'est gentil. Deuxièmement, soyez fier de votre corps. Les femmes sont trop dures envers elles-mêmes. Je pense que chaque femme est magnifique à sa manière. Soyez vous-même et portez ce que vous avez."

Erika hocha la tête. "Oh, je suis tout à fait d'accord avec ce sentiment. Mais toutes les filles ne font pas partie d'une équipe sportive. En fait, je fais partie de VOTRE équipe, et nos chances de gagner des matchs augmenteraient de façon exponentielle si j'étais en meilleure forme."

Pour plus d'effet, Erika a battu ses cils et l'entraîneur Bethy a ri.

"Dites-moi votre routine d'entraînement et votre régime alimentaire typiques. Ensuite, je vous donnerai quelques idées si je le peux."

Erika a donné un bref aperçu de son programme de conditionnement physique habituel et de son plan nutritionnel; tout, de la façon dont elle aimait courir et des exercices qu'elle faisait.

"Je pense que j'ai trouvé votre problème", a déclaré l'entraîneur Bethy d'un ton concluant.

"Qu'est-ce que c'est?"

"Vous avez probablement atteint un plateau. C'est à ce moment-là que votre corps est tellement habitué à la même routine qu'il cesse de s'adapter, donc vous ne faites plus de progrès."

Erika a pincé les lèvres. "Hmmm... Intéressant. J'utilise la même routine depuis des années, alors tu as peut-être raison."

"Peut-être soulever des poids plus lourds ou essayer des exercices plus explosifs. Changez les choses, trouvez quelque chose d'amusant."

« Des recommandations ? »

"Personnellement, j'aime nager", a répondu l'entraîneur Bethy. "C'est un faible impact sur mes articulations, une intensité élevée, et ça me donne une sensation de liberté quand je suis dans l'eau."

"Dieu, j'adorais nager quand j'étais enfant. Moins quand notre famille a déménagé. Je n'ai pas du tout nagé depuis que j'ai déménagé pour l'université."

"Voilà. Problème résolu. Essayez de nager. Nagez fort, nagez vite, mais ne vous faites pas trop mal, sinon vous ne pourrez pas pratiquer correctement le softball. Si vous associez cela à un bon régime remarquerez de grands changements dans votre corps."

"Le problème, c'est que toutes les piscines voisines sont toujours occupées", gémit Erika. "Surtout la piscine universitaire."

"C'est vrai, c'est pourquoi j'arrive toujours tôt sur le campus et je nage seul. L'horaire me convient parfaitement."

« Nager seul ? Ça doit être sympa. Je ne peux que rêver.

« Est-ce que je ressens de la jalousie ? » taquina l'entraîneur Bethy. "Oui, j'ai la piscine pour moi tout seul. C'est thérapeutique pour moi, à la fois physiquement et mentalement. C'est une excellente façon de commencer une journée bien remplie."

"Je suis totalement jaloux."

"Tu es le bienvenu pour me rejoindre,
tant que tu gardes le secret."

"Es-tu sûr?" demanda Erika, surprise par
l'offre.

« Pourquoi pas ? Serez-vous mal à l'aise
?

« Ça dépend. Êtes-vous un tueur en
série ? »

L'entraîneur Bethy secoua la tête. "Non,
mais je suis peut-être un tueur en série
qui tue d'autres tueurs en série, comme
Dexter."

"Ça marche pour moi", a répondu Erika,
avant de s'arrêter pour réfléchir. « Je ne
te dérange pas, n'est-ce pas ? Je veux

dire, je ne veux pas déranger ton temps privé.

"C'est absurde. Je serai à la piscine à 6h45 lundi matin. Si ça t'intéresse, sois à l'heure et apporte une serviette et un maillot de bain. Nous aurons une heure seuls."

« C'est un rendez-vous », sourit Erika.

L'entraîneur Bethy a donné un regard interrogateur. "Choix de mots intéressant. Quoi qu'il en soit, je dois y aller et j'ai besoin d'une douche. Désolé d'interrompre votre séance d'abdominaux."

"Pas de soucis. Mes abdos sont nuls de toute façon."

L'entraîneur Bethy a poussé le ventre d'Erika. "Lundi matin. Je vais te montrer quelques bonnes routines d'abdominaux dans la piscine."

"Tu penses que ça marchera pour moi ?"

"Cela a fonctionné pour moi", a répondu l'entraîneur, frottant son propre ventre plat, sentant les muscles tendus.

CHAPITRE 2

Sérieusement, Erika a été époustouflée par la possibilité de s'entraîner en privé avec l'entraîneur Bethy. Après tout, cette entraîneure était une personne formidable et dans une forme fantastique.

Au fond, Erika a toujours rêvé d'être cette fille. La fille qui avait frappé le coup gagnant, puis toute l'équipe la hissait sur ses épaules, pour qu'elle puisse être promenée sur le terrain en tant que héros. C'était peu probable, mais un fantasme quand même.

Lundi, elle est arrivée à l'heure et a salué l'entraîneur Bethy. Après avoir déverrouillé la piscine, allumé les lumières et allumé le chauffage, ils se rendirent aux vestiaires pour se changer. Ils ont mis leur maillot de bain dans différents vestiaires pour ne pas se voir nus.

Ils se sont rencontrés à la piscine où ils ont pris un moment pour admirer les maillots de bain de l'autre.

« C'est nouveau ? » demanda l'entraîneur Bethy.

"Ouais. Je l'ai acheté ce week-end."

"Bien. On dirait que tu es prêt à partir."

Ils ont fait leurs échauffements et desserré leurs membres pendant plusieurs minutes. Quand leurs corps étaient chauds, ils ont plongé dans la piscine et ont fait des longueurs. Allure normale au début. Ensuite, ils ont rapidement nagé entre les deux extrémités de la piscine, travaillant leur force et leur endurance cardio.

Après dix tours avec très peu de repos entre les deux, ils se sont appuyés contre le bord de la piscine avec leurs bras sur le béton.

"C'était intense," souffla Erika avec un souffle lourd.

"Ça l'était. Et j'adore ça."

Le rythme cardiaque d'Erika est revenu à la normale. "Je vais certainement avoir mal demain."

L'entraîneur Bethy haussa un sourcil. « Alors tu penses qu'on a déjà fini ?

« N'est-ce pas ? » Erika a répondu

« Tes abdos, tu te souviens ? Tu ne voulais pas les travailler ? »

"Je pense que j'ai suffisamment travaillé le tronc en nageant ces longueurs."

Un sourire sadique apparut sur les lèvres de la entraîneur féminine. "N'importe quoi. Nous sommes déjà dans la piscine, alors autant faire ce pour quoi nous sommes venus ici. Suivez mon exemple. Mettez-vous dos au mur, tenez-vous au béton avec vos bras et faites des levées de jambes. Comme ça ."

L'entraîneur Bethy a montré l'exemple en la plaçant dos au mur, en posant ses bras sur le béton, puis en levant les jambes pour que ses pieds sortent de l'eau. Elle a fait plusieurs répétitions.

Erika a fait de même mais a eu du mal après le troisième représentant.

"C'est dur," soupira Erika en posant ses pieds. "C'est tellement plus difficile avec l'eau qui ajoute de la résistance."

"C'est le but."

"Je ne peux pas continuer."

"Bien sûr que vous le pouvez, juste quelques répétitions de plus."

Erika a tiré la langue. "Ughhh... pouvez-vous au moins m'aider ?"

"Bien sûr."

C'est à ce moment-là que l'entraîneur a mis ses mains dans l'eau pour aider Erika en appuyant sous ses cuisses, ce qui lui a permis de faire plus de répétitions.

"Maintenant, c'est ce que j'appelle s'entraîner", sourit Erika alors que l'entraîneur l'aidait à lever les jambes pour quelques répétitions supplémentaires.

"Je suis surpris de ne pas t'avoir encore effrayé, pour être honnête."

"De l'entraînement? Je ne suis pas le meilleur athlète naturel, mais je ne suis pas non plus un lâcheur. Même si j'ai essayé d'arrêter il y a un moment. Je persiste quand j'en ai besoin."

Erika a continué à faire des levées de jambes dans l'eau pendant que l'entraîneur l'aidait dans ses mouvements.

"Je veux dire l'autre chose", a déclaré l'entraîneur Bethy. "Tu n'as pas l'air d'être le genre. C'est pourquoi je suis surpris."

"Maintenant, je suis totalement confus."

"Pas grave."

Erika posa ses jambes et elles se regardèrent. "Vous avez fait allusion à quelque chose la semaine dernière à propos de ne pas vouloir s'entraîner avec moi. Maintenant, vous insinuez quelque chose à nouveau. Y a-t-il quelque chose qui me manque ? Je veux dire, êtes-vous un tueur en série ou quoi ? Je promets que je ne le dirai pas. "

« Vous ne savez pas ? demanda
l'entraîneur Bethy. « Je suis lesbienne. Je
suppose que tu es la seule fille de
l'équipe qui n'a pas encore entendu.

"Oh..."

« Vous n'avez pas reçu le mémo ?

"Je ne savais pas qu'il y en avait un,"
Erika haussa les épaules.

"Je comprends que nous sommes en
2023, et je ne dis pas que vous êtes
homophobe ou quoi que ce soit. Mais
certaines des filles de l'équipe viennent
de milieux religieux, dont les parents
contribuent beaucoup d'argent à cette
institution universitaire. C'est une chose
délicate. "

« Est-ce qu'ils te font chanter ?

L'entraîneur Bethy secoua la tête. "Non, rien de tout ça. C'est une longue histoire. Mais en gros, certaines des filles de l'équipe m'ont vu embrasser une professeure dans le vestiaire."

« Une femme professeur ? demanda Erika, cachant sa surprise.

"Oui, une professeure. Ce fut une chose de courte durée. Le professeur ne pouvait pas attendre et est entré et nous nous sommes embrassés. Je pensais que nous avions assez d'intimité alors je l'ai autorisé. Quoi qu'il en soit, ils l'ont vu et ont été aussi choqués que vous êtes. Nous avons parlé et ils ont accepté de garder le secret pour moi. Cependant, les filles seront des filles, et je sais qu'elles répandent des informations sur moi. J'ai remarqué que certaines des joueuses de l'équipe rigolaient quand elles me voyaient. Hé, c'est la vie, non ?"

"C'est nul."

« Que puis-je faire ? Je ne suis pas dans
une position avantageuse ici.

"Nous sommes en 2023, vous pouvez
être aussi gay que vous le souhaitez", a
déclaré Erika.

"Je sais. Mais la stigmatisation sera là, et
je ne veux pas rendre les choses bizarres
parce que je côtoie beaucoup de
membres éminents de cette institution.
Des membres qui, dirons-nous, sont
beaucoup plus traditionnels que nous.
Pas que c'est une mauvaise chose. C'est
comme ça.

"Pour mémoire, je n'ai aucun problème
avec votre style de vie. Je pense que vous

êtes magnifique et génial. Et je le dis vraiment du fond du cœur."

"Cela signifie beaucoup", a souri l'entraîneur Bethy. "Quoi qu'il en soit, je n'étais pas sûr de ton point de vue. C'est pourquoi j'hésitais à ce que nous nous entraînions en privé."

"Comment savez-vous de quel côté je swingue?"

"Tes yeux ont tendance à fixer mes muscles. Pas mes seins, mes jambes ou mes lèvres."

Érika sourit. "Je suppose que c'est une bonne jauge."

"Eh bien, nous ferions mieux de sortir de la piscine avant de nous transformer en

pruneaux à force d'être dans l'eau
pendant si longtemps."

"Je n'ai pas fini de relever mes jambes."

« N'est-ce pas ? » a demandé l'entraîneur
Bethy, sachant où cela se dirigeait.

"Je suis sûr que je peux faire quelques
répétitions. Dieu sait que mon cœur a
besoin de toute l'aide possible."

"Je suppose que tu as besoin d'aide."

Erika a appuyé son dos contre le mur et
s'est accrochée au béton. "Je ne peux pas
faire ces levées de jambes dans la piscine
sans ton aide. Je ne suis clairement pas
aussi fort que toi."

"Je pense que s'engager dans sa forme physique est très fort."

L'entraîneur Bethy a atteint dans l'eau et a placé ses mains sous les cuisses d'Erika à nouveau, l'aidant à faire les levées de jambe dans l'eau. L'ambiance entre eux avait changé. C'était comme s'ils se rapprochaient des informations qu'ils partageaient. La liaison a tendance à se produire de cette façon.

« Qu'est-ce que ça fait ? demanda l'entraîneur Bethy. « Encore en feu ? »

« Tu parles de mon cœur ou de tes mains près de mon cul ? »

L'entraîneur Bethy poussa un faux soupir. "Réponds comme tu veux."

"Ils brûlent tous les deux. Dans le bon
sens."

Les femmes se sourient, et après
quelques répétitions assistées
supplémentaires, Erika supplia d'arrêter
car ses muscles abdominaux lui faisaient
mal. L' entraîneur Bethy a lâché prise et
Erika a posé ses jambes sur le sol de la
piscine.

"Vous êtes un bon joueur", a déclaré
l'entraîneur Bethy avec joie. "J'aime
votre éthique de travail."

Erika se raidit soudain. « Puis-je te
demander quelque chose ? C'est un peu
embarrassant, mais je veux quand même
te demander.

"Bien sûr, n'importe quoi."

« Quand as-tu su ? Je veux dire, tu sais ce que je veux dire. Mais quand as-tu su ?

Bien sûr, l'entraîneur Bethy a compris la question. « J'ai toujours su. Pourquoi ? Mon instinct se trompe-t-il à ton sujet ?

Erika secoua la tête. « Non, eh bien, je ne sais pas. C'est compliqué.

"Hmmm..." l'entraîneur Bethy fredonna dans sa barbe. "Tu es quelqu'un d'intéressant."

"Pourquoi ? Parce que je suis une femme bizarre et que je ne tombe pas dans les cases stéréotypées ?"

"Peut être."

"Eh bien, c'est rassurant", a répondu Erika.

"C'est normal d'être curieux. C'est parfaitement naturel. Mais je ne sais pas si je suis la bonne personne à qui vous devriez parler. Je suis une employée de cette école et je suis liée par des directives éthiques."

"Je suis un adulte."

L'entraîneur Bethy prit une profonde inspiration. "Si quelque chose vous intéresse, alors je suis là pour vous. Je sais que vous êtes à un moment difficile de votre vie, étant une jeune femme à l'université."

"Merci."

« Y avait-il quelque chose de spécifique dont tu voulais parler ?

« Comment la première fois s'est-elle produite ? Erika se força à demander. « Je veux dire, avez-vous poursuivi l'autre personne ? Ou est-ce que l'autre personne vous a poursuivi ?

"C'était réciproque, pour être honnête. Ma première fois, c'était à peu près ton âge quand j'étais à l'université. J'étais colocataire avec cette fille. Je vais t'épargner les détails. Mais je savais ce que j'étais. La seule chose que nous avions en commun était que nous nous entendions vraiment bien. Nous avions une excellente chimie ensemble et, étonnamment, elle était attirée par moi.

"Je ne trouve pas du tout que ce soit une surprise. Tu es sexy."

L'entraîneur Bethy a souri, "Merci. Mais c'était ma première fois. C'est en quelque sorte arrivé un soir où nous étudions ensemble. Je vais vous épargner les parties sexy."

« Étudier puis s'embrasser. Ça a l'air plutôt cool.

"Je n'arrive toujours pas à croire que mes instincts se sont trompés sur toi."

Erika haussa les épaules. "Je garde certaines choses à mon sujet étroitement gardées. Je suis doué pour les secrets. Je n'ai jamais eu cette discussion avec qui que ce soit auparavant."

"Eh bien, je suis flatté. Maintenant, pourquoi demandez-vous? Aviez-vous quelqu'un en tête? Quelqu'un avec qui vous aimeriez sortir?"

"Mon Dieu non. Je l'admets, je pense à
certaines de mes amies comme ça, et ça
ne me dérangerait pas de les embrasser,
mais personne n'a encore bougé contre
moi."

L'entraîneur Bethy a ri. « C'est comme ça
que tu vis ta vie ? Attendre que les
autres fassent le premier pas ?

Erika hocha la tête.

"Ce n'est pas une bonne stratégie de vie",
a répondu l'entraîneur Bethy. "En fait,
c'est une terrible stratégie de vie."

"Quelle est l'alternative ? Aller draguer
des filles au bar du coin ? Trouver une
application lesbienne Tinder sur mon
téléphone ? Je ne saurais pas quoi faire."

"Hmmm..."

"Qu'est-ce que cela signifie?"

L'entraîneur secoua la tête. "Pas grave."

"Non, dis-moi."

"Rien. Je pensais juste que puisque tu sais garder un secret, on s'entend bien, et tu étais curieux, j'aurais pu t'aider avec ton petit dilemme. Bien sûr, ce serait une violation de l'éthique."

Les yeux d'Erika s'écarquillèrent et elle ne fit aucun effort pour cacher ses émotions. Une telle offre pourrait-elle vraiment être sur la table ? Rien que d'y penser, ses jambes se croisèrent dans la piscine. Elle n'a pas tenté de le cacher non plus. En fait, elle était certaine que l'entraîneur Bethy pouvait sentir son excitation émanant de la piscine en utilisant des super pouvoirs.

"Je peux garder un secret," couina Erika.

"Les règles sont les règles. Je n'aurais pas dû mentionner ça."

"Alors tu ne conduis jamais au-dessus de la limite de vitesse ?"

"C'est différent."

"Comment?"

L'entraîneur Bethy réfléchit un instant. « Tu jures de ne jamais le dire à personne ?

"Je le jure. Quand il s'agit de secrets, je suis fiable."

"Si vous violez cette promesse, la punition est la mort."

Erika battit des cils et hocha la tête. "Triple serment."

"Ferme tes yeux."

Et c'est là que tout a changé. Erika garda les yeux fermés, sentit l'eau couler autour d'elle, puis sentit une paire de lèvres se presser contre les siennes. Le baiser était agréable, doux et passionné. C'était comme ça qu'un bon baiser devrait se sentir. C'était beaucoup plus tendre que n'importe quel autre baiser qu'elle avait jamais ressenti. La sensation de leurs lèvres se touchant envoya une sensation agréable dans la colonne vertébrale d'Erika.

Lorsque l'entraîneur Bethy a glissé sa langue, Erika a senti sa chatte se serrer, fort. Ses jambes se croisèrent plus fort et ses orteils se recroquevillèrent. Leurs langues luttèrent pendant quelques secondes avant que l'entraîneur Bethy ne s'éloigne.

"Vous pouvez ouvrir les yeux maintenant", a déclaré l'entraîneur.

Erika ouvrit les yeux pour voir la belle femme souriante. "C'était..."

"Maintenant tu sais ce que c'est. La curiosité est partie."

« Tu as aimé ça ? Je veux dire, me le faire.

L'entraîneur Bethy hocha la tête.
"Honnêtement, tu as bon goût. Délicieux,
même."

"Merci," rougit Erika. "Toi aussi."

"Nous devons y aller maintenant. J'ai
cours dans environ une demi-heure.
C'était bien. Nous ne pourrons jamais le
refaire cependant."

"Pourquoi pas?"

"Sans rancune, d'accord ? Je te verrai à
l'entraînement demain."

Lorsque l'entraîneur Bethy a tenté de
sortir de la piscine, les instincts et les
hormones d'Erika se sont déclenchés, et
elle a attrapé l'entraîneur féminin par la
taille et l'a rapprochée pour qu'ils
s'embrassent à nouveau. Erika s'est

surprise quand elle l'a fait. Elle était encore plus surprise que l'entraîneur Bethy ne l'ait pas giflée.

Puis le baiser se termina et ils se regardèrent.

"Je suis désolée de t'avoir attrapé comme ça," dit Erika avec une pointe de regret. "Je ne sais pas ce qui m'a pris."

"Tu es jeune et tu aimes embrasser. Je comprends. Mais ne joue jamais à la domination avec moi. C'est ma salle de gym. Je suis ta entraîneur féminine. Je suis en charge."

C'était maintenant au tour de l'entraîneur d'exercer un contrôle en attirant Erika pour un baiser encore plus profond, montrant comment cela était fait. Faisant preuve d'un véritable sentiment de contrôle sur la situation, l'entraîneure a même glissé sa main en dessous, tiré le bas du maillot de bain d'Erika sur le côté et y a plongé deux doigts, ne s'arrêtant qu'à l'arrivée d'Erika.

Et Erika est arrivée en un rien de temps.

CHAPITRE 3

C'était tout ce à quoi elle pouvait penser, vraiment. Après une expérience comme celle-là, pourquoi penser à autre chose ?

C'est pourquoi ce fut une grande surprise pour Erika que l'entraîneur Bethy lui ait apparemment donné l'épaule froide à l'entraînement le lendemain. Une fois de plus, l'entraîneur a joué les favoris et a passé la plupart de son temps à communiquer avec les meilleurs joueurs et à donner des instructions générales. C'était compréhensible compte tenu de la pression exercée sur l'équipe pour gagner.

Mais quand même, vous n'embrassez pas une fille, ne la faites pas jouir dans la piscine et prétendez que cela ne s'est jamais produit. Ce n'est tout simplement pas juste. À tout le moins, Erika s'attendait à un sourire et à un bonjour de la main, mais elle ne l'a même pas compris.

Pire, la entraîneur Bethy lui a même demandé de ranger le matériel toute seule, puisque c'était à son « tour de nettoyer ». Elle est devenue certaine qu'elle était punie pour son comportement sexuel trop agressif dans la piscine, et c'était la façon dont l'entraîneur lui faisait savoir qui était le patron.

Au moment où Erika a finalement pu prendre sa douche, elle a pris son temps et en a profité pour se détendre. Les autres filles s'étaient déjà douchées, avaient quitté le vestiaire, et la pauvre Erika était toute seule. Elle s'est lavée et s'est lavé les cheveux. Tout ce à quoi elle pouvait penser, c'était comment elle avait eu cette belle expérience avec l'entraîneur Bethy, qui d'une manière ou d'une autre avait foiré.

Lorsque le shampooing a disparu et qu'elle a tiré ses cheveux en arrière, elle a vu quelqu'un du coin de l'œil et s'est retournée pour voir Entraîneur Bethy debout, toujours vêtue d'un simple t-shirt et d'un pantalon de survêtement, appuyée contre le mur et la regardant.

Erika éteignit la douche et laissa l'eau s'écouler de son corps. Elle n'a eu aucun problème à se tenir nue devant son entraîneur féminin. Peut-être était-ce parce qu'elle était déjà tellement épuisée ; physiquement de la pratique et émotionnellement de ses mauvais traitements perçus. Ou peut-être parce que c'était excitant de voir sa entraîneur féminine la voir nue comme ça.

"Tu es mignonne comme ça", a déclaré l'entraîneur Bethy avec des yeux admiratifs.

"Comme dans nu?"

L'entraîneur Bethy a souri. "Oui, tes seins sont jolis, comme je les imaginais. J'adore la façon dont l'eau recouvre tes beaux seins, et ces mamelons roses sont à tomber par terre."

Les mots rassurants ont poussé Erika à tenir son menton haut et à pointer sa poitrine vers l'avant.

"Continuer."

L'entraîneur Bethy a examiné plus en détail. "Tu as une belle silhouette. Une peau douce. Une belle forme. Et un beau cul rond entre lequel j'aimerais pouvoir enfouir mon visage."

Erika serra les fesses à la simple mention de sa forme arrondie.

"Peut-être que je te laisserais jouer avec mes fesses si tu n'étais pas si méprisant envers moi aujourd'hui. Est-ce que notre histoire de piscine ne signifie rien pour toi ?"

"Tout d'abord, vous êtes absolument délicieux", a affirmé l'entraîneur Bethy. "Deuxièmement, la raison pour laquelle je t'ai chargé de nettoyer est que nous serions seuls en ce moment."

La chatte d'Erika se serra. "Oh."

"Je vais être honnête, je ne peux pas m'empêcher de penser à toi. Mais en même temps, je ne veux pas perdre mon travail ou ma réputation à cause de ça."

"Je peux garder un secret", a déclaré Erika.

"Jurer?"

"Je jure."

"Bien, parce que j'ai besoin d'une douche," répondit Entraîneur Bethy. "Voulez-vous démarrer l'eau et m'aider à me laver?"

Le cœur d'Erika rata un battement. "Bien sûr, n'importe quoi."

Erika a de nouveau fait couler l'eau de la douche tout en regardant l'entraîneur Bethy retirer ses vêtements d'une manière toujours aussi décontractée. Sous le t-shirt de l'entraîneur se trouvait un soutien-gorge de sport noir qui couvrait de petits seins. L'entraîneure a enlevé ses chaussures et ses chaussettes, debout pieds nus sur le sol; puis son pantalon est sorti, révélant sa culotte.

La chose la plus folle était que Entraîneur Bethy se déshabillait comme si elle était seule. Ne regardant personne. Pas d'hesitation. Rien de sexy là-dedans. Lorsqu'elle a retiré son soutien-gorge de sport et sa culotte, elle a révélé son corps nu avec une ligne de bronzage en bikini autour de ses seins et de son entrejambe. Ses seins étaient petits mais ses mamelons bruns étaient gros et déjà raides.

Erika est restée figée alors que sa entraîneur féminine s'approchait d'elle et se glissait sous l'eau pour se rincer. Puis elle s'écarta.

"Shampooing", a déclaré l'entraîneur, le dos tourné. "Alors utilise ton gommage sur moi."

"Oui, Entraîneur Bethy."

Avec des mains avides, Erika a mis une portion adéquate de shampooing dans ses paumes et l'a frotté sur les cheveux de son entraîneur. Elle a caressé et massé jusqu'à ce que des bulles blanches mousseuses soient partout. C'était amusant et étrangement érotique de laver les cheveux d'une autre femme.

Vient ensuite la partie amusante. Erika s'est lavé les mains dans l'eau de la douche puis a mis du gel sur un gommage.

"Partout?" a demandé Érika.

L'entraîneur Bethy s'est retourné pour faire face à Erika, de sorte qu'ils étaient face à face, nus.

"Partout."

Erika prit une profonde inspiration et se mit au travail sur le corps de Bethy. En commençant par les espaces "sûrs", comme les épaules et les bras, ressentez le tonus musculaire maigre. Puis elle s'est déplacée sur ses seins. Ses yeux admiraient les lignes de bronzage. Erika voulait désespérément pincer ces gros mamelons bruns, mais elle n'avait pas la permission, alors elle a évité de le faire. Néanmoins, elle a utilisé le gommage pour appuyer sur les mamelons et les seins, les regardant se trémousser légèrement. Les jambes ont été faites en dernier.

"Maintenant, posez le gommage", a déclaré l'entraîneur Bethy. « Frotter ma peau. C'est comme ça que les corps sont nettoyés, n'est-ce pas ? »

"Oui," répondit Erika.

Ce fut un pur délice lorsqu'Erika frotta ses mains nues sur la peau savonneuse de l'entraîneure, sentant le ton et la chair. Elle a finalement pu sentir ces seins, même frotter ces mamelons (même si elle n'avait toujours pas le courage de les pincer). Elle a même frotté les cuisses athlétiques, les mollets et les fesses fermes de l'entraîneure.

« Partout », dit l'entraîneur Bethy en tournant le dos à Erika. "Frotter mon clitoris."

Erika haleta. "Tu n'as pas peur que quelqu'un nous attrape ?"

"A cette heure de la journée, personne ne devrait être de retour ici. De toute façon, il vaut mieux se dépêcher."

"Qu'est-ce que tu veux que je fasse exactement ?"

"Fais-moi jouir."

Erika déglutit. "Bien. Tu veux que je te rende la faveur de la piscine."

"Fille intelligente."

Erika pressa le devant de son corps nu contre le dos nu de l'entraîneure. C'était électrique. Puis elle a tendu la main droite vers l'avant et a touché l'entrejambe et les lèvres extérieures de l'entraîneure. C'était comme un éclair.

Puis elle a frotté le clitoris de la entraîneur féminine. Oh mon Dieu...

C'était assez simple. Erika a mis en place sa routine de masturbation normale avec deux doigts sur la chatte de l'entraîneure et la réaction a été instantanée. Entraîneur Bethy gémit et pencha la tête en arrière du plaisir.

"Tu es si doué pour ça," gémit l'entraîneur Bethy. "Où étais-tu, durant toute ma vie?"

Erika a continué à frotter son clitoris. "Maintenant, je peux être votre entraîneure adjointe."

"Exactement. Officieusement, c'est-à-dire. Parfait pour soulager le stress en toute circonstance. Ne t'arrête pas, je vais jouir."

Entendre ces mots n'a fait qu'allumer un feu sous Erika. Elle a serré le corps nu de l'entraîneur féminin et l'a frotté furieusement.

Soudain, le corps de l'entraîneure se tendit et elle pencha la tête en arrière. Elle inspira profondément et la retint, comme si son cœur s'était arrêté, puis elle expira tout. Tous ses stress de la journée ont disparu en un instant, remplacés entièrement par le plaisir.

"C'était un délice", a soufflé l'entraîneur Bethy.

"Tu sais, si mes mains n'étaient pas couvertes de savon, je me lécherais les doigts tout de suite."

L'entraîneur Bethy se retourna pour qu'ils se fassent face. « C'est ce que tu fais normalement après t'être masturbé ?

"Si je suis de bonne humeur."

"Bonne fille."

Ils rigolèrent et s'embrassèrent sur les lèvres. Puis ils entrèrent ensemble dans l'eau de la douche et laissèrent le savon couler dans le drain.

Quand ils ont coupé l'eau, ils se sont encore embrassés, et puis soudain, ils l'ont entendu : parler et rire. Deux ou trois filles venaient d'entrer dans le vestiaire.

"Oh, putain," murmura Erika dans un halètement. "Nous devons nous habiller."

"Pas le temps. Suivez-moi."

L'entraîneur Bethy a attrapé Erika par le poignet et l'a tirée hors de la douche tout en attrapant ses propres vêtements dans le processus. Ils se sont dirigés sur la pointe des pieds vers le fond du vestiaire où l'entraîneur a jeté ses vêtements sur un banc et a mis son doigt sur ses lèvres pour dire: " Chut .... "

Ils se tenaient là en silence, nus, leurs corps dégoulinant d'eau alors qu'ils écoutaient les filles parler. C'était trois joueuses dans l'équipe de softball. Ironiquement, c'était le même groupe de filles religieuses qui avait découvert le secret lesbien de l'entraîneure il y a quelque temps.

Ce sens tordu de l'ironie n'a fait que sourire l'entraîneur Bethy et admirer la beauté d'Erika de près, tandis que le dos d'Erika était pressé contre le casier.

"Ne fais pas de bruit," murmura l'entraîneur Bethy.

Alors que les filles parlaient fort entre elles, la langue de l'entraîneure embrassa Erika, et Erika l'embrassa aussi silencieusement que possible.

Mais ce n'était pas seulement des baisers que l'entraîneur Bethy recherchait. Certainement pas. L'entraîneur tomba à genoux et leva les yeux avec un regard diabolique dans les yeux. Instantanément, cela rendit Erika nerveuse. Elle savait que si elle était mangée par son entraîneur féminin expérimenté, il n'y avait aucun moyen qu'elle puisse se contenir. Il n'y avait pas le choix.

L'entraîneur Bethy a soulevé une des jambes d'Erika et a placé son pied sur le banc, laissant Erika avec une chatte écartée et humide. La entraîneur fit à nouveau le geste 'Shhh...' et se mit à manger, pressant les lèvres de sa bouche contre les lèvres de la chatte d'Erika.

De son côté, Erika serra la mâchoire. Pour faire bonne mesure, Erika pressa ses deux paumes sur sa bouche pour supprimer tout bruit qui pourrait s'échapper. Elle s'est forcée à garder le silence pendant que l'entraîneure livrait une performance orale experte; sentir la langue plonger et sortir, sentir ses lèvres être aspirées et parfois, sentir la langue chaude vaciller sur son clitoris.

Cela la rendait folle, surtout en écoutant les joueuses de l'équipe faire des blagues grossières sur leur vie sexuelle. C'était aussi excitant d'écouter ces joueurs tout en ayant une rencontre lesbienne secrète avec l'entraîneur Bethy.

Les sentiments se sont accumulés à l'intérieur d'Erika et elle a su qu'elle allait éclater. Elle était terrifiée à l'idée de crier parce qu'ils se feraient prendre.

Elle a tapoté l' entraîneur Bethy sur la tête et a prononcé les mots, "Je vais jouir tellement fort."

Au lieu de s'arrêter, la Entraîneur Bethy n'a fait que paraître plus excitée et a fait à nouveau le geste "Shhh...".

L'entraîneur Bethy a recommencé à manger la chatte d'Erika, avec plus de vigueur cette fois, et a plongé deux doigts dans le trou excité. C'était assez pour rendre Erika folle. Et ça l'a fait jouir.

Erika couvrit sa propre bouche de ses deux mains, faisant tout ce qu'elle pouvait pour éviter de crier. Elle sentit une poussée de fluides jaillir dans la bouche de l'entraîneure, et pendant un instant, elle se demanda si l'entraîneur Bethy se lèverait et la giflerait. Au lieu de cela, la entraîneur féminine a continué à sucer. De toute évidence, l'entraîneur Bethy aimait le boire.

Quand cela a été fait, l'entraîneur Bethy s'est levé et a serré dans ses bras sa nouvelle joueuse préférée de l'équipe, leurs corps nus et leurs mamelons durs se touchant. Elles restèrent là, se regardant dans les yeux, tout en écoutant les autres filles parler encore. Il y avait des fluides partout dans la bouche de l'entraîneure.

Finalement, les autres joueuses sont
parties et elles se sont retrouvées seules.

"Puis-je te confier un secret?" a demandé
l'entraîneur Bethy.

"Quoi que ce soit."

"C'est en fait un énorme fétichisme pour
moi. Faire des choses entre filles dans
les vestiaires comme ça. C'est une
énorme montée d'adrénaline pour moi.
Il n'y a rien de tel. Je suis content d'avoir
pu vivre ça avec toi."

Erika soupira, "Putain, c'était tellement
chaud. Je pense que j'ai trouvé mon
nouveau passe-temps préféré."

"Bienvenue dans mon monde. Vous êtes
la première joueuse de mon équipe avec
qui je m'amuse, et je ne sais pas quoi

faire. Nous trouverons cela au fur et à mesure, en supposant que vous vouliez continuez. En attendant, il se fait tard, et nous ferions mieux de nous habiller.

Ils s'embrassèrent à nouveau sur la bouche, mais cette fois Erika goûta sa propre giclée sur la bouche de l'entraîneure. Lorsque l'entraîneure a mis fin au baiser, elle a attrapé ses vêtements et s'est éloignée.

"Attendez," dit Erika avant que l'entraîneur Bethy ne puisse partir. "Désolé d'avoir giclé dans ta bouche comme ça. Je ne voulais pas."

Entraîneur Bethy a souri, "Comme je l'ai dit, vous êtes délicieux."

La séance était terminée et la entraîneur s'éloigna, vêtements à la main, ses fesses

nues se balançant à chaque pas pour
qu'Erika puisse l'admirer.

FIN